© 2017   Eckhard Duhme
Verlag: tredition GmbH, Hamburg
ISBN: 978-3-7439-2724-7 (Paperback)
                 978-3-7439-2725-4 (Hardcover)
                 978-3-7439-2726-1 (e-Book)

Printed in Germany

Eckhard Duhme

14 Tage Sizilien
(Ostküste)

Reiselektüre

 tredition®

Inhaltsverzeichnis   **Seite**

Inhaltsverzeichnis

Seite

Vorwort

Eigentlich wollte ich mal wieder einen Urlaub verbringen, ohne darüber dann ein Buch zu schreiben, aber mehrere aus meiner kleinen „Fangemeinde" forderten: „Schreib weiter!" Im Vorjahr bekam ich zum Buch über den Urlaub auf Sardinien die Rückmeldung: „Mit Kapiteleinteilung und Bildern, ja, das ist prima!" Also nahm ich ein Notizbuch mit nach Sizilien, schrieb regelmäßig Erlebtes auf und fotografierte fleißig. Na, Urlaubsfotos werden doch sowieso gemacht.

Auf dem Einband vorne ist das „Symbol" für Sizilien zu sehen, die *Trinakria*. Es gibt recht unterschiedliche Auslegungen über dessen Bedeutung. Die drei Beine werden zum Beispiel als „Form von Sizilien" oder als „Sonnenrad" oder als „rotierende Zeit" ausgelegt. Beim Kopf geht die Deutung von Medusa bis Ceres. Es wird auch spekuliert, dass das Antlitz gelegentlich verändert worden ist. Übereinstimmung herrscht darin, dass es das Symbol bereits in der Antike gegeben hat. Es ist jedenfalls Bestandteil der sizilianischen Flagge.

Urlaubsort war *Giardini Naxos*, mit etwa 9500 Einwohnern ca. 50 km nördlich von *Catania* an der Ostküste von Sizilien gelegen. Der *Ätna* ist dort zwar in Sichtweite, aber doch weit genug entfernt, falls er mal wieder aktiv sein sollte. Allerdings bereitete er uns drei Wochen vor unserem Abflug Sorgen. Da gab es einen größeren Vulkanausbruch mit der Folge, dass in *Catania* die Start- und Landebahn wegen einer dicken Ruß- und Staubschicht gesperrt wurde. Während unserer Zeit auf Sizilien war er aber „friedlich".

1   Freitag, 14.04.2017 (Karfreitag)
Park, sleep and fly

Am Mittwoch, dem 12.04., wurden beim TC Neuwied die Sandplätze zum Spielen freigegeben. Wir - meine Frau Angelika und ich - waren zunächst unschlüssig, ob wir vor unserem Urlaubsstart noch eine erste Übungseinheit auf Sand zur Saisonvorbereitung absolvieren sollten. Wir verzichteten dann aber darauf, weil uns das Wetter mit nur 10 Grad „für Tennis zu kalt" war und wir das Risiko, eine Zerrung zu bekommen, vermeiden wollten.

Karfreitag fuhren wir nachmittags in aller Ruhe zu einem Hotel in der Nähe des Düsseldorfer Flughafens. Ohne den Berufsverkehr gab es unterwegs keinen Stau, nicht mal im Kölner Ring. Seit mehreren Jahren nutzten wir das Angebot „Park, sleep and fly", nachdem wir einmal bei der Fahrt zum Flughafen lange in einem Stau gestanden und den Flieger in letzter Minute erreicht hatten. Den Stress vermieden wir seitdem. Stattdessen nutzten wir nicht nur solche Hotelangebote, sondern auch die Möglichkeit des „Vorabend-Check-In". So hatten wir morgens jeweils viel Zeit vor dem Abflug. Als wir um kurz vor 18:00 Uhr zum

Eincheck-Schalter kamen, waren wir zu unserer Freude dort die ersten Interessenten. Bei unserer Ankunft wurde der Schalter gerade geöffnet. Na, das passte für uns ja hervorragend. Da das Parken am Flughafen 4,30 € pro Stunde kostete, nutzten wir die Zeit aus und bummelten noch durch die Geschäftspassage des Flughafens.

Im Hotel verlief, im Vergleich zum Vorjahr (s. „*Wenn jemand eine Reise tut ...*") alles glatt. Abends gab es ein leckeres Essen und einen dazu passenden Rosé. Er mundete uns nicht nur gut, sondern bewirkte auch noch eine gewisse „Bettschwere", so dass wir prima schlafen konnten.

2   Samstag, 15.04.2017
Reisetag

Das Frühstück am Samstag konnten wir ohne Blick auf die Uhr genießen - die Koffer waren ja schon aufgegeben. Das vom Hotel organisierte Taxi kam pünktlich; die Fahrt zum Abflugterminal dauerte nur knapp zehn Minuten. Die Personen- und Handgepäckskontrolle verlief problemlos. Um 09:22 Uhr waren wir am Terminal A 37 und hatten dort bei den Sitzplätzen freie Auswahl. Es dauerte aber nicht lange, dann wurde links und rechts von uns italienisch gesprochen. Na, das war schon mal eine Einstimmung auf die lebhafte Landessprache. Irgendwann kam eine Italienerin und übertönte das laute Geplapper noch. Plötzlich standen all ihre Landleute auf und gingen weg. So nach und nach verließen auch andere Wartende ihre Plätze. Das machte uns verständlicherweise stutzig. Ich ging zu einem Bildschirm, auf dem die Flüge angezeigt wurden: Der Flug nach *Catania* war von A 37 nach A 40 verlegt und die Startzeit von 10:30 auf 11:00 Uhr geändert worden. Um 10:48 Uhr wurde dann das „Boarding" aufgerufen. Vernünftigerweise hieß es dabei: „Zuerst die

Passagiere der Reihen 15 bis 30!" So wurde zu großes Gedränge im Gang vermieden. Wir hatten die Plätze 7 A und B, konnten also noch etwas warten. Ich hatte den Flug im November schon gebucht und dabei „freie Sitzplatzauswahl" genutzt. Die Reihen 1 bis 10 wurden mit „mehr Beinfreiheit" angeboten - und die „Sieben" ist ja meine Glückszahl.

Der Flieger startete um 11:17 Uhr. Der Flug verlief völlig ruhig; es gab keine „Turbulenzen". Allerdings flogen wir fast die gesamte Zeit „über den Wolken". Die Freiheit dort war zwar grenzenlos, aber ich hatte kaum Nutzen von meinem Fensterplatz. Der ergab sich erst kurz vor der Landung, indem ich einen „Blick von oben" auf Sizilien bekam: „Alles schön grün da unten", stellte ich fest. Um 14:12 Uhr landeten wir.

Vermutlich hatte die eingetretene Verspätung nun am Flughafen *Catania* zur Folge, dass sich die Kofferausgabe verzögerte. So wurde die erste „italienische Gelassenheit" von uns gefordert. Das setzte sich fort am Schalter der Mietwagenfirma. Wir hatten, wie seit vielen Jahren, wieder einen Mietwagen für die Urlaubszeit gebucht. Am

Schalter musste zunächst eine „Wartenummer" gezogen werden. Sie ergab, dass ich „an 4. Stelle" war. Eigentlich wollten wir jetzt schon am Urlaubsort, in *Giardini Naxos*, angekommen sein. Nachdem am Autoschalter schließlich alles erledigt war (Vorlage, Kopie von Personalausweis, Führerschein, Kreditkarte, mehrere Unterschriften auf mehreren Formblättern) ergab sich, dass der Parkplatz für den Mietwagen etwa 1000 Meter vom Flughafengebäude entfernt war. Bei der Buchung im Internet hatte gestanden: „Direkt am Flughafen". Na ja, die Parkplätze der teureren Anbieter lagen näher zur Abfertigungshalle. Aha, der von mir gewählte günstigere Mietpreis erforderte ein paar hundert Meter weiteren Transport der Koffer - gut, dass sie mit Rollen ausgestattet waren. Der etwas längere Weg wurde aber nicht nur mit dem günstigeren Mietpreis belohnt, sondern der Nissan Micra, den wir bekamen, war fast neu. Okay, im Vorjahr hatten wir einen Mietwagen mit Kilometerstand „10", jetzt mit „361" übernommen.

Nach Verpacken der Koffer und Programmierung des von zu Hause aus mitgenommenen Navigationsgerätes riefen wir unseren Vermieter an, um ihm unsere „Verspätung" mitzuteilen. Wir hatten in *Giardini Naxos* ein ca. 40 qm großes Apartment bei einem privaten Anbieter gebucht. Bei unserem Anruf reagierte er mit italienischer Gelassenheit: „Take your time!" („Lassen Sie sich Zeit!") Die Verständigung erfolgte auf Englisch.

Bei meiner ersten Fahrt auf sizilianischen Straßen hielt ich mich verständlicherweise noch strikt an die vorgegebenen Geschwindigkeitsbegrenzungen. Da ich dabei von vielen überholt wurde, überlegte ich, ob ich mich in der nächsten Zeit wohl der italienischen Fahrweise anpassen würde. Auf einem 40 km langen „Maut" - Autobahnstück herrschte wenig Verkehr, so dass wir mit den erlaubten 130 km/h zügig vorankamen. Mit etwa 1 ½ Stunden hielt sich unsere Ankunftsverspätung in *Giardini Naxos* noch einigermaßen in Grenzen.

Das Apartment war Teil einer dreistöckigen Villa, lag in dessen hinterem Teil im Erdgeschoss. Wie mit Mario, dem Vermieter, am Telefon vereinbart, betätigten wir neben einem großen, schön geschmiedeten Eisentor die Klingel mit dem Namen „*Galeani*".

Mario kam umgehend zum Tor, öffnete es und zeigte, dass wir mit dem Auto zu einem Carport fahren sollten. Dort begrüßte er uns herzlich, schloss die Tür zum Apartment auf und erläuterte Details: „Der rote Schlüssel ist für die Haustür, der grüne für das Eisentor an der Straße. Dies ist eine Fernbedienung für das Tor, so dass Sie ein- und ausfahren können. Der große Schlüssel ist für den Safe; der ist im Schlafzimmerschrank untergebracht. Diesen Schalter hier bitte nicht betätigen, er sichert die

Stromversorgung des Kühlschrankes; darin liegt ein Willkommensgeschenk für Sie. Mit dieser Fernbedienung betätigen Sie bei Bedarf die Klimaanlage, deren Temperatur Sie höher und niedriger einstellen können. Falls es Ihnen nachts zu kalt sein sollte, finden Sie oben im Kleiderschrank Wolldecken." „Ach, gegebenenfalls kuscheln wir eng aneinander." „Ja, das ist natürlich die beste Methode, um sich warm zu halten."

Mario gab noch Einweisungen zur Küchenbenutzung. Dabei sahen wir, dass im Kühlschrank als Geschenk drei Piccolos lagen. Auch zwei Literflaschen Naturwasser standen für uns bereit. Auf dem Wohnzimmertisch war eine Glasschale mit bunten Schokoladen-Ostereiern gefüllt. Na, das war doch ein sehr netter Empfang! Mario wies auch auf ausliegende Straßenkarten hin, empfahl uns ein paar Restaurants und verabschiedete sich mit dem Hinweis, dass wir ihn bei Fragen jederzeit erreichen könnten.

Dieser erste sehr gute Eindruck, zu dem auch noch gehörte, dass das Apartment modern eingerichtet war und der Mietwagen in dem Carport geparkt werden konnte, erlitt zwei kleine Einschränkungen. Zunächst stellten wir im Schlafzimmer bei genauerem Hinsehen fest, dass das Bett an einer Seite so dicht zur Wand stand, dass es dort keinen Gang gab. Na, da wurde an der Seite für das Ein- und Aussteigen wohl sportliche Gelenkigkeit gefordert. Dann suchte ich im Fernseher einen deutschsprachigen Sender - vergeblich. Die „Deutsche Welle" wurde aus Berlin, jedoch in englischer Sprache gesendet. Ich fand mehrere englische Sender. Okay, die wichtigsten Nachrichten würden wir so mitbekommen. Das galt für mich noch besonders bei Sportergebnissen, weil etliche Sportkanäle zur Verfügung standen, sogar einer, der ausschließlich Tennis zeigte. Wir selber hatten dieses Mal keine Tennissachen in den Urlaub mitgenommen.

Nachdem wir die Koffer ausgepackt hatten, fuhren wir zu dem Supermarkt, den Mario uns empfohlen und auf einem von ihm bereitgehaltenen Stadtplan gezeigt hatte. Der Supermarkt war etwa einen Kilometer vom Apartment entfernt, hatte jeden Tag, also auch am heutigen Samstag bis 21:00 Uhr geöffnet. Wir planten, im Apartment zu frühstücken und abends jeweils irgendwo essen zu gehen.

Dementsprechend kauften wir Brötchen, Margarine, Marmelade, Käse, Obst, Saft, Milch, Wasser und eine Flasche Rotwein; Sekt lag ja schon im Kühlschrank. Pulverkaffee und Teebeutel hatten wir von zu Hause aus mitgenommen.

Nachdem wir unser Frühstück für die nächsten Tage gesichert hatten, unternahmen wir am frühen Abend einen „Erkundungsspaziergang". Dabei stellten wir erstaunt fest, dass auf der Strandpromenade viele Menschen unterwegs waren. Dafür gab es eine einfache Erklärung: „Es ist Ostersamstag." Im Vergleich zu dem „Bummelgedränge" war irritierend, dass die zahlreichen Restaurants kaum Gäste hatten. Unseren Gedanken, in einem gut besuchten Restaurant zu Abend zu essen, weil es dort vermutlich leckere Angebote gäbe, mussten wir aufgeben. In dem Restaurant, für das wir uns schließlich entschieden, war nur ein weiterer Tisch besetzt. Das änderte sich allerdings, als wir unser Essen bekamen. Plötzlich füllten mehrere große Gruppen schnell den Raum. „Ach ja, in Italien wird später als in Deutschland zu Abend gegessen." Bei dem sich nun ergebenden Andrang war es sicherlich vorteilhaft gewesen, dass wir zuvor schon bestellt hatten.

Auf dem Rückweg zum Apartment gaben wir ihm einen weiteren „Pluspunkt": die Lage war günstig, nahe zur Strandpromenade, zu Restaurants und Cafés und auch zur Autobahn, aber völlig ruhig, ohne jeden Straßenlärm.

3   Sonntag, 16.04.2017 (Ostern)
Regen und anderes

Nach guter erster Schlafnacht frühstückten wir „in aller Ruhe". Dann machten wir uns auf den Weg zum fälligen „Osterspaziergang". Dieses Mal war die Strandpromenade wenig bevölkert. Ostern ging man in die Kirche. Die zwei Kirchen des Ortes, die am Strand lagen, waren überfüllt; etliche Gottesdienstbesucher standen dicht gedrängt auf den Vorplätzen, lauschten nach drinnen und bekreuzigten sich hin und wieder.

Wir planten, uns nachmittags die Nachbarstadt *Taormina* (ca. 11000 Ew.) anzusehen.

Sie ist eine der touristischen „Hochburgen" auf Sizilien. Der Begriff „Hochburg" ist dabei nicht nur wegen der Touristen zutreffend, sondern die Altstadt liegt auch hoch an einem Berg. Unser Plan, sie in Augenschein zu nehmen, scheiterte. Auf der Suche nach einem freien Parkplatz verfuhren wir uns in den kleinen Gassen so, dass das Navi streikte. Als wir schließlich doch noch ein Parkhaus fanden, fuhren wir nicht hinein - in dem Moment fing es heftig zu regnen an, so dass wir nicht aussteigen wollten. Leider entwickelte sich ein „Dauerregen", so dass wir den Nachmittag dann im Apartment verbrachten - und das ohne deutsches Fernsehprogramm …

Am Abend hörte der Regen auf, so dass wir vor dem Abendessen noch einen Spaziergang machen konnten. Im dann ausgesuchten Restaurant wurden wir überrascht, weil die Bedienung uns auf Deutsch begrüßte. Meine Frage, wieso sie Deutsch spreche, beantwortete sie lächelnd: „Ich war 15 Jahre in Bayern tätig."

Das Essen war sehr lecker. Es gab eine Garnelenvorspeise, verschiedene Fischarten als Hauptgericht und ein Dessert „de la casa" (Spezialität des Hauses) als Nachtisch. Alles war nicht nur sehr schmackhaft, sondern auch gekonnt auf den Tellern platziert, ganz nach dem Motto: „Das Auge isst mit." Erneut profitierten wir von unserer „deutschen Essenszeit". Als uns das Dessert serviert wurde, füllte sich der Raum. Auf dem Weg zum Apartment waren wir uns einig: „Ein tolles Essen, passend zum Ostersonntag, aber so können wir es uns nicht jeden Abend leisten, zum einen nehmen wir sonst zu viel zu, zum anderen nimmt unser Urlaubsgeld rapide ab."

Beim „Programmzappen" erfuhren wir, dass in der Türkei 51,4 % für die vom Präsidenten Erdogan angestrebte Verfassungsänderung gestimmt hatten. Ich musste lachen. Das Ergebnis hatte ich vorhergesagt: „So bekommen die es hin, dass es Erdogan wunschgemäß reicht, aber als demokratische Wahl erscheint." Im Französischen sagt man dazu: „Hony soit, qui mal y pense." (Unehrenhaft ist, wer Böses dabei denkt.)

Mir fiel ein, dass ich mein Smartphone nutzen könnte, um im Internet Nachrichten auf Deutsch abzurufen. Ich hatte allerdings nur wenig Übung im Nutzen des Smartphones und dementsprechend dauerte es einige Zeit (und Geduld), bis ich per Google erfolgreich wurde. Nachdem ich gelesen hatte, dass Schalke in Darmstadt beim Tabellenletzten 2:1 verloren hatte, wurde das Smartphone ausgestellt.

4   Montag, 17.04.2017

Sonne, *Taormina* und *Galeani*

Am nächsten Morgen, Ostermontag, strahlte die Sonne am sizilianischen Himmel. Nach dem Frühstück genossen wir in „unserem" Gartenteil die parat stehenden Sessel für ein erstes Sonnenbad.

Dann wollten wir uns heute *Taormina* ansehen. Mario, unser freundlicher Gastgeber, hatte uns nach der Pleite am Vortag empfohlen, einen Parkplatz unterhalb der Stadt zu nutzen und über einen ansteigenden Fußweg in etwa zehn Minuten zur City zu gelangen: „Der Parkplatz ist nur

Einheimischen bekannt und kostenlos. Das ist für Sie ein Insidertipp."

Wir hatten uns gemerkt, dass der Parkplatz in der Nähe des Bahnhofes von *Taormina* lag, fanden ihn zunächst jedoch nicht. Nach fünf Minuten vergeblicher Suche fuhr ich zum Parkplatz, der direkt am Bahnhof war. Dort stand zwar ein Verbotsschild, aber es waren etliche PKW geparkt. Angelika äußerte Bedenken; denen hielt ich entgegen: „Das Verbotsschild gilt vermutlich nicht am Feiertag. Die anderen hier riskieren sicherlich auch nicht, dass ihre Wagen abgeschleppt werden." „Vielleicht haben die aber besondere Ausweise oder Erlaubnisse." Vorsichtshalber schaute ich bei einigen Wagen nach, ob an deren Frontscheiben irgendetwas auf Sondergenehmigungen hinwies - das war nicht der Fall.

Nun suchten wir den empfohlenen Fußweg, gingen etwa einen Kilometer die Straße entlang und sahen plötzlich ein kleines, unscheinbares „P-Schild" mit Pfeil nach links. „Aha, hier ist der besagte Parkplatz! Das Schild ist im Vorbeifahren nicht zu sehen." Ich ging zurück zum Bahnhof und holte den Nissan. Nach dem „P-Schild" führte eine kleine Straße etwa 500 Meter bergan. Sie endete an einem recht großen Parkplatz, der sogar etliche Schattenplätze unter Bäumen hatte. Da freuten wir uns doch über diesen Insidertipp.

Ein kleines, bunt bemaltes Schild wies auf den Fußweg hin. Der war anfangs reichlich steil. „Komm, circa zehn Minuten hat Mario gesagt", sprach ich uns Mut zu. Etwa 250 Meter später stand dann aber ein neues Schild: „Durchgang verboten". „Und jetzt?" fragte Angelika. „Ich gehe mal weiter und sehe mir den Weg an", antwortete ich. Er wurde enger und enger, noch steiler, war zunehmend zugewachsen und bald bestand auf Geröll Rutschgefahr. Ich ging zurück und meldete: „Das Verbotsschild ist sinnvoll! Mario ist wohl schon längere Zeit nicht mehr hier gewesen."

Wir beschlossen, zu dem Parkhaus zu fahren, das wir am Vortag gesehen, aber wegen des beginnenden Regens nicht genutzt hatten. Es war, wie wir dann bei Ankunft dort feststellten, über sieben Etagen in einem Felsen errichtet. Wir fanden einen freien Parkplatz auf Ebene 4. Beim Blick auf die Gebührentafel wurde klar, warum Mario uns den

Insidertipp gegeben hatte: 1 Std. Parkzeit 2 €, 2 Stunden Parkzeit 8 (acht) €! Jede weitere Stunde ein Euro mehr, also 9, 10, 11 …€, 15 € als Tagessatz. Die Baukosten waren bei den Felsarbeiten sicherlich hoch gewesen, Parkraum in *Taormina* ansonsten, wie wir am Vortag festgestellt hatten, knapp, aber acht Euro für zwei Stunden fanden wir schon „happig". Angelika meinte allerdings: „Eine Stunde am Düsseldorfer Flughafen kostet 4,30 €."

Das Parkhaus lag günstig, nach ein paar hundert Metern waren wir im Zentrum des Touristenortes. Wir stellten fest, dass er an diesem Ostermontag Ziel vieler Touristen war. Die lang durch die Stadt führende Fußgängerzone war proppenvoll. Elegante Shops, Schmuck- und Keramikläden, Cafés, Pizzerien sowie antike Gebäude luden zum Bummeln und Verweilen ein. Nach längerem Spaziergang gab es für uns Eis und Cappuccino. „Das habe ich jetzt gebraucht", sagte Angelika. Als wir die Preisliste lasen, ergänzte sie noch: „Oh, Touristenhochburgpreise!" Immerhin war beides aber lecker.

Von *Taormina* aus war der *Ätna* recht gut zu sehen, aber er lag im Dunst, so dass sich heute kein Foto lohnte. Wir verzichteten auch auf den Besuch der Hauptattraktion der Stadt. Der Eintritt zum römischen Amphitheater sollte 10,00 € / Person kosten. Och nö, wir hatten schon mehrere andernorts, besonders ja in Rom selbst besichtigt.

Gegen 16:00 Uhr waren wir zurück im Apartment. Im Garten genossen wir noch einige Zeit den Sonnenschein, zusammen mit einer Eidechse, die, auf einer kleinen Mauer sitzend, sich durch uns offensichtlich nicht gestört fühlte.

Mario, unser Vermieter, hatte erwähnt, dass er Pianist wäre. Angelika fand in einem Buch, das im Apartment lag, einen italienischen Bericht über ihn. „Der scheint recht bekannt zu sein", folgerte sie. Ich nutzte wieder mein Smartphone und fand bei Wikipedia: „*Mario Galeani* ist einer der derzeit bekanntesten italienischen Pianisten. Er ist in New York, Moskau, Hamburg … aufgetreten. Sein Repertoire geht von Beethoven, Chopin bis Gershwin …" Wow, bei solch einem bekannten Künstler wohnten wir und stellten fest: „Der ist nett, fröhlich und hilfsbereit."

5   Dienstag, 18.04.2017

Villa Romana Del Casale

Auch am Dienstag schien die Sonne. Angelika hatte für unsere Sizilientour einen „Hauptwunsch": Besuch der Villa *Romana Del Casale*. „Dort gibt es ganz tolle Mosaikarbeiten zu besichtigen und zu bestaunen." Meine Frau hatte sich natürlich schon vorab in Neuwied auf Sehenswürdigkeiten in Sizilien vorbereitet. Zu ihrer Freude befand ich: „Wir müssen das Sonnenwetter nutzen; heute fahren wir zu der römischen Villa."

Die Fahrt dauerte etwa 2 ½ Stunden. Hätte ich mich nicht aufs Navi verlassen, sondern Angelikas Kartenangabe befolgt, wären wir vermutlich früher angekommen. Irgendwann protestierte Angelika: „Wie will die Navi-Frau denn fahren? Die kennt wohl nur Autobahnfahren. Das ist ja ein totaler Umweg, den die anzeigt! Fahr die nächste Ausfahrt raus. Eigentlich hätten wir vorhin schon abbiegen können." Nachdem ich so den Kurs gewechselt hatte, suchte und fand das Navi-System den Wagen wieder und leitete uns auf der Wunschstrecke meiner Frau zum Ziel.

Das lag „auf freier Fläche" ca. sechs Kilometer von der Stadt *Piazza Armerina* entfernt. Wir wunderten uns, wieso solch eine riesige Anlage „mitten in der Wildnis" errichtet worden war.

Noch erstaunlicher war, dass die Anlage keinem Cäsar oder Feldherrn, sondern einem „römischen Beamten" zugeordnet wurde. „Na, der wird hier aber Regionsleiter gewesen sein", vermutete ich und ergänzte: „Klar, hier in der Einöde war das Legen von Mosaiken ein sinnvoller Zeitvertreib."

Der Tag für die Besichtigung war gut gewählt: 23 Grad, Sonnenschein und nur wenige Besucher am Ort. Es entstand kein Gedränge und wir konnten in aller Ruhe die Mosaikarbeiten bestaunen. „Hier möchte ich nicht sein, wenn jede Menge Touristen mit Bussen angekarrt werden", stellte Angelika zufrieden fest und nutzte die „Gunst der Stunde" mit intensivem Begutachten der römischen Künste. Es gab noch einen weiteren Vorteil der geringen Besucherzahl: Wir sahen kein Aufsichtspersonal, das alles streng kontrollierte. Die wiederholt aufgestellten Schilder, dass Fotografieren verboten wäre, blieben heute unberücksichtigt. Nachdem ich einige „Fotoübeltäter" gesehen hatte, traute ich mich, meine Spiegelreflexkamera auch einzusetzen. Immerhin war ich dabei, im Unterschied zu anderen, so rücksichtsvoll, kein Blitzlicht zu benutzen.

33

Selbst ich als „Kunstbanause" fand die Vielfalt der Mosaikarbeiten beeindruckend. Ich hatte Verständnis dafür, dass Angelika noch ein Buch darüber haben wollte. Am Ausgang der Anlage gab es einen Buchhändler. Den hatte Angelika natürlich schon beim Betreten der Anlage gesehen. Der Händler war clever: „Sie deutsch? Hier schönes Buch in Deutsch, neue Auflage aus 2016, kostet nur 13 € und Sie bekommen noch zwei Ansichtskarten gratis dazu!" Angelika blätterte das dargereichte Exemplar durch und befand es „richtig gut gemacht". Sie überredete den Händler, ihr nicht das „Ansichtsexemplar", sondern ein neues Buch zu geben. Auf dem Weg zum Parkplatz sagte sie: „Ich freue mich sehr über das Buch, zumal es in Deutsch geschrieben ist. Ich hätte auch eines in Italienisch oder Englisch genommen, die Bilder der Mosaiken sind mir ja wichtiger als der Text, aber so ist es natürlich noch besser."

Auf der Rückfahrt überraschte sie mich mit dem Hinweis: „Direkt an der Autobahnauffahrt gibt es ein großes Outlet-Center. Da bietet sich doch ein Stopp für Eis und Cappuccino an!?" Na, meine Frau strahlte mich an und ich

spürte, dass eine „Pinkelpause" durchaus sinnvoll wäre -
also wurde das Outlet-Center angefahren. Beim Bummel
durch das erstaunlich große, moderne Center ging mein
geheimer Wunsch in Erfüllung: trotz recht zahlreicher
Sonderangebote für durchaus schöne Sachen wurde nichts
gekauft. Zweimal setzte ich meinen Standardsatz ein: „Ich
brauche nichts."

6   Mittwoch, 19.04.2017
Catania und Ätna

Beim Frühstück wurden wir erneut von strahlendem Sonnenschein begrüßt. Angelika wollte mir heute eigentlich einen „Ruhetag" gönnen, aber ich meinte: „Wir müssen das Wetter doch für die geplanten Besichtigungen nutzen." Wir einigten uns, nach *Catania* (ca. 315000 Ew.) zu fahren. „Das ist ja nur eine Fahrzeit von etwas mehr als einer halben Stunde". Angelika hatte für diesen Fall vorsorglich schon Adressen für Parkmöglichkeiten und Besichtigungsziele notiert.

Via Autobahn ging es Richtung *Catania*. Da wir inzwischen wussten, dass die Maut dorthin 1,50 € kostete und wo die Maut-Stellen waren, konnten wir sie, mit parat gehaltenem Geld, zügig durchfahren. Je mehr wir uns dann der Stadtmitte näherten, umso mehr standen wir aber im Stau. Die Navi-Frau lotste uns zum ausgesuchten Parkplatz am Hafen; ohne ihre Hilfe hätten wir den bei dem Straßenwirrwarr wohl nicht so direkt gefunden. Tja, die Zufahrt dorthin befand sich jedoch auf der anderen Straßenseite, zu der es keine Querverbindung gab. Trotz des „wahnsinnigen" Fahrstils vieler Verkehrsteilnehmer galt es mal erst, die Nerven zu bewahren. Insbesondere Motorradfahrer kannten keinerlei Beschränkungen oder Vorfahrtsgebote. Einige Male rief Angelika erschreckt: „Achtung!" Na, irgendwie gelangte ich doch noch auf die Zufahrtsstraße zum Hafenparkplatz. Der Parkwächter an der Schranke fragte (auf Englisch), wie lange wir denn parken wollten. Ich sagte: „Zwei Stunden." Angelika korrigierte: „Drei Stunden." Der Parkwächter äußerte: „Wenn Sie nicht genau wissen, wie lange Sie parken werden, habe ich für Sie ein Ganztagsangebot bis 20:00 Uhr für 5,00 €." Wir waren sofort einverstanden. „Parken ohne Blick auf die Uhr, das ist doch allemal 5,00 € wert", war Angelika zufrieden. Wir hatten sogar noch das Glück, einen „Schattenparkplatz" zu finden.

Das erste von Angelika notierte Besichtigungsziel war „das *Bellini*-Grabmal" im Dom: „Der ist nicht weit vom Hafen entfernt", bekam ich zu hören. Zur Orientierung hatte Angelika selbstverständlich einen Stadtplan mitgenommen. Auf dem Weg zum Dom fielen uns zahlreiche Plakate mit Reklame für eine Ausstellung des niederländischen Künstlers *M.C. Escher* im *Palazzo della Cultura* auf. „Von dem haben wir uns doch mal eine Ausstellung in Brühl angesehen. Kannst Du Dich daran erinnern?" fragte Angelika. „Also, spontan nein - er hat wohl keinen bleibenden Eindruck bei mir hinterlassen." „Dann sehen wir uns die Ausstellung hier jetzt an, dabei kommt Dir wahrscheinlich einiges bekannt vor." Der Weg zum Dom führte direkt auch zu dem Museum. „Komm, lass uns einen Blick hineinwerfen, wenn das geht, um festzustellen, ob sich ein Besuch lohnt", schlug Angelika vor. Durch ein großes Portal kamen wir zu einem Innenhof. Dort gab es drei Richtungsschilder: 1 zum Ticketschalter für die *Escher*-Ausstellung, 2 zu einer anderen Ausstellung, die man sich kostenlos ansehen konnte und 3 zu WCs. Wir entschieden uns spontan für 2 und 3.

Von der Ausstellung eines uns unbekannten italienischen Künstlers waren wir sehr angetan. Es waren etwa 30 sehr filigran gearbeitete Skulpturen. Für meine spätere Erinnerung daran machte ich einige Fotos, ohne zu wissen, ob das erlaubt war. Um diese Ausstellung kümmerte sich anscheinend kein Aufsichtspersonal. Wir waren alleine in den zwei Räumen. Na, vermutlich gab es irgendeine Kameraüberwachung. Angelika notierte sich noch den Namen des Künstlers: *Dino Cunsolo*. Da er hier nun festgehalten ist, muss ich ihn mir ja nicht merken. Man achte u.a. auf die Feinheit der Finger:

Auch im Dom fotografierte ich. Das erfolgte wie am Vortag in der römischen Villa: Fotografieren war laut Hinweisschildern verboten, kaum ein Besucher hielt sich daran, kein Aufsichtspersonal schritt dagegen ein, ich fotografierte wieder ohne Blitzlicht. Erneut gelangen die Aufnahmen erstaunlich gut:

Ich stellte plötzlich fest, dass alle anderen Besucher den Dom verließen. „Ich vermute, es wird gleich geschlossen", wies ich Angelika auf meine Beobachtung hin. Wir wurden auch schon von einem „Türsteher" erwartungsvoll angesehen. Er nickte dann zufrieden, als wir als Letzte das Gotteshaus verließen. Es war 12:01 Uhr. Da war es ja gut, dass Angelika zuvor im Dom noch rechtzeitig das Grab des italienischen Opernkomponisten *Vincenzo Bellini* gefunden hatte, das, seiner Bedeutung als Musiker entsprechend, mit Noten verziert war. Nach Verlassen des Domes informierte Angelika mich: „*Bellini* wurde 1801 in *Catania* geboren und starb mit 33 Jahren in Frankreich. Die Arien seiner Oper *Norma* sind zum Beispiel gerne von *Maria Callas* gesungen worden."

Der Name „*Bellini*" spielte weiterhin eine Rolle. Angelika gab vor: „Jetzt gehen wir erst die Haupteinkaufsstraße entlang, suchen dann den *Bellini*-Park. Dort in der Nähe soll es das beste Eis in *Catania* geben. Wenn wir unterwegs das Universitätsgebäude sehen, können wir schauen, ob es wirklich so eindrucksvoll ist, wie ich es gelesen habe." Nun, die Einkaufsmeile gefiel uns nicht besonders. Etliche Gebäude waren renovierungsbedürftig. Sie litten offensichtlich unter den Abgasen des intensiven Straßenverkehrs. Unangenehm war, dass wir wiederholt recht aufdringlich zur Einkehr aufgefordert wurden.

Das Universitätsgebäude machte den Eindruck, dass es tatsächlich mal beeindruckend gewesen sein musste, aber das doch wohl vor längerer Zeit.

Der *Bellini*-Park hingegen war interessant gestaltet:

Dazu gehörte, dass zahlreiche Musikerbüsten aufgestellt waren. Störend war, dass mehrmals gebettelt wurde. Ein Gitarrenmusiker versuchte auch, an Geld zu kommen, aber er erbrachte dafür hörbar gute Leistungen.

Selbstverständlich fanden wir schließlich das so hoch gepriesene Eiscafé. Seinem Ruf entsprechend waren innen und außen alle Tische besetzt. Im Innenbereich fragten wir eine ältere alleinsitzende Frau, ob wir uns dazusetzen dürften. „No!" Im Außenbereich taxierte uns bei derselben Frage eine jüngere alleinsitzende Frau kurz und nickte dann freundlich. Es kam jedoch eilig ein „Platzanweiser" und untersagte uns (auf Englisch) das Hinsetzen: „Dieser Tisch ist, wie Sie sehen, vergeben; Sie müssen warten!" Die junge Frau sagte ihm etwas auf Italienisch, vermutlich, dass sie doch mit unserem Platznehmen einverstanden war. Der „Oberkellner" nickte, gab uns die Sitzerlaubnis und die Speisekarte. Außer Eis gab es Kuchen und kleine Snacks. Wir bestellten: „Spezial-*Ätna*-Becher". Er beinhaltete viel dunkles Schokoladeneis (für Lava), darin Gebäck (für Lavagestein) und oben drauf Sahne (für Schnee). Ja, das war lecker! Im Gespräch mit der jungen Frau, die uns das Sitzen ermöglicht hatte, ergab sich, dass sie Pharmazie studiert hatte und in einer Apotheke arbeitete. Sie bestätigte uns, dass das Café in *Catania* einen guten Ruf und oft so viele Gäste hätte. Inzwischen warteten auch schon wieder mehrere Interessenten darauf, dass ihnen ein frei werdender Tisch zugewiesen würde.

Auf dem Rückweg zum Hafen sahen wir uns noch den „Elefantenbrunnen", das Wahrzeichen von *Catania*, an.

Es steht in der Mitte einer schönen Piazza. Der Elefant ist aus Lavagestein. Auf seinem Rücken, den eine weiße

Decke aus Marmor bedeckt, trägt er einen vier Meter hohen Obelisken aus Granit. Der Marmorsockel ist mit Putten und Skulpturen verziert. Das Kreuz, das auf dem Obelisken thront, ist der Heiligen Agatha, Schutzpatronin der Stadt *Catania* gewidmet. Als Wahrzeichen soll der Elefantenbrunnen für „Stärke und Langlebigkeit" stehen.

Wenn man auf Sizilien ist, gehört sicherlich ein „Besuch" des *Ätnas* (3323 Meter) dazu. Der bot sich für uns auf der Rückfahrt von *Catania* an. Wir fuhren nach *Nicolosi,* dem mit 700 Metern höchstgelegenen Ort unterhalb des *Ätnas.* Eigentlich wollten wir von dort aus dann nach *Giardini Naxos* zurückkehren, aber die Bergstraße zum *Ätna* hinauf war in einem so erstaunlich guten Zustand, dass wir bis zum höchst möglichen Punkt auf ca. 2000 Meter fuhren. Aus der Ferne gesehen hatten wir den *Ätna* ja fast täglich. Als wir uns ihm jetzt so näherten, bekamen wir eine Vorstellung davon, welche Massen bei Eruptionen herausgeschleudert wurden. Die Lavahügel rechts und links der Straße waren beeindruckend und irgendwie beängstigend zugleich. Wenn wir es nicht gesehen hätten, könnten wir uns die unendliche Menge gar nicht richtig vorstellen. Ich äußerte: „Wieso ist der *Ätna* immer noch aktiv, der muss doch innen leer sein?" Wir fanden es erstaunlich, dass auf etwa 2000 Meter ein Hotel stand. Ob es dafür wohl eine Gebäudeversicherung gab?

Zurück in *Giardini Naxos* lautete unser Tagesfazit: „Der Verkehr in *Catania* ist uns zu hektisch gewesen, den müssen wir uns nicht nochmal antun, nur gut, dass wir keine Schrammen am Mietwagen bekommen haben. Das *Ätna*-Gebiet und die kurvenreiche Tour hingegen haben wir stressfrei genossen. Insgesamt haben wir einen sehr interessanten Urlaubstag erlebt."

7   Donnerstag, 20.04.2017
Noto und Syrakus Teil 1

Am Donnerstagmorgen war es bewölkt, windig, irgendwie
„feucht-kalt". Was macht man denn bei solch einem
Wetter? Ich sah per Smartphone im Internet nach, wie sich
das Wetter auf Sizilien entwickeln würde: „Bewölkt,
trocken, 19 Grad". Wir entschlossen uns spontan, nach
Syrakus (ca. 123000 Ew.) zu fahren. Dessen Besichtigung
stand noch auf der Wunschliste meiner Frau. Ohne
Abstimmung mit ihr erweiterte ich das Tagesprogramm,
indem ich auch noch die Stadt *Noto* besuchen wollte. Sie
gab ich als erstes Ziel ins Navi ein. Angelika staunte: „Auf
Noto habe ich mich aber noch gar nicht vorbereitet."
Selbstverständlich war sie von meinem Zusatzprogramm
aber recht angetan. Tja, meine so geplante Überraschung
misslang jedoch total. Etwa drei Kilometer vor *Noto*
meldete die Navi-Frau: „Im Kreisel die zweite Ausfahrt
nehmen." Das machte ich. Nach ein paar hundert Metern
wunderten wir uns, wie schmal und dreckig die Straße
wurde. Die Navi-Frau meldete sich aber nicht mit einer
Korrekturmeldung.

Und dann erlebten wir das, worüber wir bei ähnlichen Meldungen gelacht hatten: Treu der Navi-Ansage folgend befanden wir uns plötzlich auf einem Feldweg. Es dauerte ein paar hundert Meter, bis sich eine Wendemöglichkeit ergab. Genau dort waren drei Männer mit Feldarbeiten beschäftigt. Sie staunten natürlich, was denn ein PKW da zu suchen hatte. Ich war mir sicher, dass sie sich über den dummen Touristen auch amüsierten. Ein Mann kam und half der ausgestiegenen Angelika dabei, mir Zeichen beim Wenden zu geben, Angelika hinten, er vorne am Wagen.

Zurück im Kreisel stellten wir fest, dass die kleine Straße von der Navi-Frau wohl nicht als „Ausfahrt" bewertet worden war. Wieso aber hatte sie keine Meldung: „Wenn es geht, bitte wenden" gemacht? Na, da wir das nun heil überstanden und jetzt Verständnis für Meldungen über merkwürdige Abwege wegen „Navigläubigkeit" hatten, konnten wir darüber lachen.

In *Noto (ca. 24000 Ew.)* ging es dann auch nicht schneller voran als auf dem Feldweg: Stau - Stop and Go - Stau. Es wurde jedoch noch schlimmer; wir fanden, egal, welche Straße ich befuhr, nirgendwo eine Parkmöglichkeit. Nach etwa zwanzig Minuten gab ich auf: „Das war's, wir fahren nach *Syrakus*!"

Dort angekommen sahen wir bald einen Parkplatzhinweis. „Nichts wie hin!" entschied ich. Ach ja, auf *Syrakus* hatte Angelika sich doch vorbereitet. Sie äußerte: „Genau den Parkplatz hatte ich auf der Karte auch schon vorgemerkt." Als ich den Wagen vor der Schranke anhielt, suchte ich vergeblich einen Ticketschalter. Plötzlich öffnete sich die Schranke, nachdem fünf gelbe Lämpchen aufgeleuchtet hatten. Wir fanden erfreut wieder einen Schattenparkplatz. Etwa dreißig Meter entfernt sahen wir dann einen Kassenautomaten: „Aha, dort müssen wir jetzt wohl einen Parkschein lösen." Der italienischen Beschreibung entnahmen wir, dass die Gebühr „1 € / Stunde" betrug. Der Versuch, nun vier Euro einzuwerfen, scheiterte jedoch. Ich fand noch einen englischen Text und begriff das System: Beim Halt vor der Schranke war das Nummernschild des Wagens gescannt worden. Man konnte ohne Zeitvorgabe parken. Bei Rückkehr musste am Kassenautomaten das Nummernschild eingegeben werden. Damit wurde die Parkzeit ermittelt und der fällige Geldbetrag angezeigt.

Bei der Ausfahrt musste man wieder eng vor der Schranke halten. Erneut wurde das Nummernschild gescannt und dann geprüft, ob für den Wagen die Gebühr bezahlt worden war. „Na, das ist ja mal ein modernes System im antiken *Syrakus*", staunten wir. Wie am Vortag in *Catania* konnten wir also ohne Blick auf die Uhr bummeln.

Als erstes wollte Angelika gerne zum *Castello Maniace*. „Dort gibt es einen großen Saal, der sehenswert sein soll. Allerdings liegt das Kastell am anderen Ende der Altstadt und wird um 14:30 Uhr geschlossen. Wir müssen uns sputen." Bei dem Eiltempo, das wir dementsprechend einschlugen, profitierten wir davon, dass es ein wenig windig war; wir gerieten nicht ins Schwitzen. Aber wir kamen zu spät - die Kasse war bereits um 13:45 Uhr geschlossen worden. Ein Mann, der eine Schranke öffnete, um Besucher aus dem Gelände heraus zu lassen, ließ sich von Angelikas Bitten und Lächeln nicht erweichen: „Domani, morgen wieder!" So hatte mein gescheiterter Umweg über *Noto* ein weiteres Misserfolgserlebnis verursacht. „Und nun?" „Jetzt suchen wir ein Café und erholen uns von dem Ärger." Das gelang mit leckerem

Kuchen und schmackhaftem Cappuccino zunächst gut. Als wir die Rechnung bekamen, erhielt die Stimmung aber schon wieder einen kleinen Dämpfer. Tja, wir hatten bestellt, ohne nach dem Preis zu fragen. 6,00 € für ein kleines Stück Kuchen erschien uns recht teuer.

Das nächste von Angelika vorbereitete „Syrakusziel" war das Regionalmuseum. „Da gibt es zwei berühmte Bilder von *Caravaggio* zu sehen." Das war meiner Frau sogar die 8,50 € / Person Eintrittsgeld wert. Meine Frage, ob es für Senioren einen günstigeren Preis gäbe, wurde verneint. Darin unterschieden sich die Museen auf Sizilien von denen auf Sardinien. Dort hatte uns der Hotelmanager empfohlen, nach Rabatten zu fragen, die wären in Italien üblich - auf Sizilien nicht. Nun, wir besichtigten 15 Räume und sahen durchaus einige interessante Bilder, aber keines von *Caravaggio*. Als wir zurück am Ein-/Ausgang waren, fragte Angelika dann, wo denn die zwei Gemälde wären. „Oh, die sind schon seit mehreren Jahren nicht mehr hier bei uns. Eines ist in der Kirche St. Lucia zu sehen." Auf dem von Angelika vorgelegten Stadtplan wurde gezeigt, wo die Kirche zu finden wäre.

Auf dem Weg dorthin kamen wir zunächst zur Kathedrale. Es störte uns zwar, dass hier für den Eintritt ins Gotteshaus Eintritt bezahlt werden musste, aber wir wollten es als ein „*Syrakus*-Highlight" verständlicherweise von innen doch gesehen haben. Der Eintrittspreis relativierte sich dabei. Mit dem Geld wurden die Kathedrale und der große Platz davor offensichtlich in einem guten Zustand gehalten.

An einem Ende des Platzes stand die St. Lucia Kirche. Im Vergleich zur Kathedrale blieb sie von Touristenmassen verschont. Man musste auch keinen Eintritt zahlen. Im Altarbereich hing tatsächlich das Bild „Begräbnis der heiligen Lucia" von *Caravaggio*. Es war sehr gut ausgeleuchtet, aber verständlicherweise nur aus einer sicheren Distanz zu besichtigen. Als ein Besucher das Bild fotografieren wollte, ertönte per Lautsprecher: „No foto!" Aha - Videoüberwachung! Na, da versuchte ich es auch nicht. Jedenfalls hatte sich der Besuch in Syrakus für Angelika nun doch noch gelohnt.

Beim Bummel durch die Altstadtgassen gelangten wir zu einem „*Leonardo da Vinci und Archimedes* - Museum". An der Kasse wurde uns erklärt: „Hier sind etliche deren Ideen und Erfindungen in kleinem Maßstab nachgebildet. Einige sind nur zum Betrachten, andere darf man anfassen und ausprobieren." Die Ausstellung war „richtig gut", so dass wir den Eintrittspreis von 6,50 € für gerechtfertigt hielten. Wir testeten die Funktionsfähigkeit der Geräte, soweit das erlaubt war. Es gab auch eine besondere

„Spielecke" für Kinder, wo sie sich mit Ideen der großen Meister beschäftigen konnten - toll!

Wir schauten dann bei einigen Kunst- und Gewerbeshops rein und erfreuten uns an manch „schönen Sachen".

Dann bewölkte sich der Himmel so, dass wir mit Regen rechnen mussten. „Jetzt aber hurtig zum Parkplatz", waren wir uns sofort einig. Dort fanden wir mein Studium des Bezahlvorganges bestätigt und lobten nochmals die „Computerlösung". Das Fazit am Abend lautete diesmal: „Ein durchwachsener Urlaubstag, kein Sonnenwetter, negative Erlebnisse in *Noto* und anfangs in *Syrakus*, aber positiver Gesamteindruck von der Altstadt." Angelika ergänzte noch: „Dem Reiseführer müsste man mitteilen, dass die Bilder von *Caravaggio* nicht mehr im Museum zu sehen sind."

8   Freitag, 21.04.2017

Aprilwetter und Taormina

Am Freitag bekamen wir „Aprilwetter": Sonnenschein, Wind, Regen, Abkühlung, Sonnenschein ..." Nach den drei Reisetagen war ja wohl auch „Erholung" angesagt. Als ich am Morgen bei Sonnenschein im Garten saß, war es so warm, dass ich vorsorglich Gesicht und Arme mit Sonnenschutz eincremte. Angelika blieb unter dem Baldachin im Schatten. Mein Sonnenbad dauerte etwa 45 Minuten, dann kamen Wolken und kalter Wind. Wir beschlossen, nochmal nach *Taormina* zu fahren, in der Erwartung, dass es freitags bei nicht so schönem Wetter dort nicht voller Touristen sein würde. Wir hatten nicht damit gerechnet, dass die Straße, die von *Giardini Naxos* nach *Taormina* führte, gesperrt war und sich vor der neu eingerichteten Baustelle der Verkehr staute. Na, wir hatten ja keinen Zeitdruck, nahmen Stau und Umweg locker zur Kenntnis. Wegen der Straßensperrung kamen wir „von der anderen Seite" aus nach *Taormina*. Unterhalb der Altstadt befand sich dort ein Parkhaus, das wir sogleich nutzten, weil uns das Parkplatzproblem im Ort ja bekannt war und wir auch vermuteten, dass die Parkgebühren niedriger als im „Felsparkhaus" wären. Dieser Preisvorteil traf tatsächlich zu, wurde aber dadurch ausgeglichen, dass man über viele Treppenstufen zur Altstadt klettern musste. Ich zählte sie; es waren 245. Als wir die geschafft hatten, fing es an zu regnen. Nein, es waren nicht Schweißtropfen, sondern wir mussten unsere vorsorglich mitgenommenen Schirme aufspannen. Unsere Erwartung, dass heute nur wenige Touristen unterwegs sein würden, bestätigte sich, jedoch gefiel uns der Altstadtbummel im Regen auch nicht. Nach knapp einer Stunde stiegen wir die 245 Stufen hinab. Dieses Mal zählte Angelika mit und bestätigte die Zahl.

Wir fuhren zurück zum Apartment. Als wir dort ankamen, schien wieder die Sonne. Wir gingen auf der Strandpromenade spazieren und dann ins „Strandcafé", um dort unsere „tägliche Ration Eis und Cappuccino einzunehmen". Erfreulicherweise war beides lecker und relativ preisgünstig. „Na, hier können wir noch ein paar Mal hingehen", stand mein Urteil fest. Als wir wieder am Apartment ankamen, fing es an zu regnen.

9 Samstag, 22.04.2017

Archäologischer Park in Giardini Naxos u.a.

Unsere zweite Woche auf Sizilien begann am Morgen mit ähnlichem Wetter wie am Vortag. Gegen 11:00 Uhr marschierten wir, vorsorglich wieder mit Regenschirmen, los, um den archäologischen Park der Stadt zu besichtigen. Er war nur ca. zehn Gehminuten vom Apartment entfernt und erwies sich dann als ein riesiges Gelände. An diesem Morgen waren wir anscheinend die einzigen Besucher; jedenfalls sahen wir keine anderen. Wir gingen kreuz und quer, lasen die englischen Texte der zahlreichen Hinweisschilder und lernten dabei, dass die griechische Siedlung im 6. Jahrhundert v.Chr. errichtet worden war. Leider waren überall nur noch Grundmauern zu sehen; mittels der erläuternden Texte mussten wir uns Gebäude und Tempel irgendwie vorstellen. „Mit ganz viel Geld könnte man hier eine touristische Attraktion aufbauen", resümierte Angelika. Mit ersten Ausgrabungen war 1923 begonnen worden, die letzten hatten 2014 stattgefunden. Zum Park gehörte noch ein kleines Museum. Darin waren etliche schöne Funde ausgestellt. Deren Betrachtung rundete den „archäologischen Exkurs" in *Giardini Naxos* ab.

Nachmittags klärte der Himmel auf und wir machten „Urlaub im Garten". Statt Eis und Cappuccino gab es Kuchen, Schokolade und selbst zubereiteten Kaffee.

Na, das sah doch auch appetitlich aus. Nach der „Düserei" an den Vortagen tat diese Erholungsphase richtig gut, auch meiner leicht entzündeten Achillesferse.

Abends gab es in einem Restaurant, das Mario uns als „gut und günstig" empfohlen hatte, leckeren Fisch. Wir waren so zufrieden, dass wir baten, uns denselben Tisch für den nächsten Abend zu reservieren, zur gleichen Zeit (19:30 Uhr). Da wollte der Gastwirt gerne nicht nur unseren Namen wissen, sondern auch, in welchem Hotel wir wohnten. „Wir wohnen nicht in einem Hotel, sondern privat bei Mario Galeani." Der Gastwirt staunte kurz, nickte und wiederholte anerkennend: „Ah, bei Mario!" Er rief irgendwas auf Italienisch in die Küche - wir bekamen noch einen Kräuterlikör „auf Kosten des Hauses".

Nicht so gut zu verdauen waren die Fußballergebnisse. FC Bayern München und Borussia Dortmund verloren in der Champions League, Schalke 04 in der Europaliga. Die Bayern kassierten gegen Real Madrid im Hin- und Rückspiel 5 (fünf!) Tore von „CR7", Cristiano Ronaldo. Spieler und Funktionäre von Borussia Dortmund mussten weniger die Niederlagen gegen Monaco verkraften, sondern viel mehr, dass auf den Mannschaftsbus ein Attentat verübt worden war. Der Täter wurde wenige Tage später gefasst. Er war aufgefallen, weil er ein Darlehen über 40000 € aufgenommen, BVB-Aktien gekauft und darauf gewettet hatte, dass deren Kurs fallen würde. Er handelte also aus Habgier; da konnte man nur ungläubig den Kopf schütteln. Dank des Panzerglases im Bus war das Nagelgeschoß-Attentat relativ harmlos verlaufen. Ein Dortmunder Spieler musste mit Schnittverletzungen im Arm ins Krankenhaus, ein anderer hatte viel Glück, weil ein Geschoß nur die Kopfstütze traf. Unverständnis gab es dafür, dass die Dortmunder trotz des großen Schocks gleich am nächsten Tag gegen Monaco spielen mussten. Da war wohl klar, dass die Niederlage zur „Nebensache" wurde. Tja, und Schalke 04 hatte in Amsterdam 0:2 verloren, glich im Rückspiel aus, so dass es Verlängerung gab. Schalke traf zum 3:0, war damit bis zur 110. Minute fürs Halbfinale qualifiziert, bekam in den letzten zehn Minuten aber noch zwei Gegentore, obwohl Amsterdam einen Spieler wegen „roter Karte" weniger auf dem Feld hatte. Konnte man das alles „im Urlaub aus der Ferne" besser als zu Hause verkraften?

10   Sonntag, 23.04.2017

1. Ruhetag

Am Sonntag gab es „Sonntagswetter" - strahlend blauer Himmel. Nach spätem Frühstück wollten wir uns „die Füße vertreten". Wir gingen zur Strandpromenade. Dort war es einerseits nicht so voll wie abends, aber andererseits gab es an einigen Stellen hektisches Gerenne von jugendlichen Sportlern. Auf dem Wasser fanden Ruderwettbewerbe statt. Wir suchten in mehreren Läden nach Ansichtskarten; es wurde ja Zeit, Grüße aus dem Urlaub zu versenden. Den Rückweg versüßten wir uns mit „Eis im Becher" - mhm, das war lecker. Im Apartment wurden wir dann von einem kostenlosen Klavierkonzert erfreut. Na ja, es war für uns (leider) nur leise zu hören, aber eine Vorstellung von Marios Können bekamen wir.

Am Nachmittag gönnten wir uns im Garten wieder Kuchen, Schokolade und selbst zubereiteten Kaffee (s.o.) und schrieben die Urlaubskarten. Abends, am reservierten Platz im Restaurant, wählten wir „Pizza des Hauses". Die war lecker, aber viel zu mächtig; Angelika schaffte sie nicht ganz.

11   Montag, 24.04.2017
Noto und Syrakus Teil 2

Montag motivierte uns der Sonnenschein, wieder etwas zu unternehmen. „*Noto* soll besichtigungswert sein und *Syrakus* hat noch mehr zu bieten als das, was wir schon gesehen haben." „Der Palast mit dem großen Raum ist montags geschlossen." „Es gibt einen archäologischen Park mit griechischen und römischen Ausgrabungen." „Na, dann sehen wir uns *Noto* und den Park an. Mit *Noto* habe ich ja sowieso noch eine Rechnung offen." „Und zu dem Park in *Syrakus* können wir wieder zu Fuß von dem Parkplatz am Hafen aus gehen." „Zunächst fahren wir aber hier zur Post, um die Ansichtskarten auf den Weg zu bringen." „Ob die vor uns in Deutschland ankommen?" Das konnte gleich im kleinen Postamt in *Giardini Naxos* bezweifelt werden. Ich parkte „italienisch in zweiter Reihe" und Angelika sollte die Karten „mal eben schnell" im Postamt mit Briefmarken versehen. Es dauerte und dauerte, bis sie zurückkam. „Im Raum war außer mir niemand. Im Nebenraum unterhielten sich zwei Männer laut und ausführlich. Irgendwann habe ich dann ziemlich laut *buongiorno* gerufen. Dann kam einer, lächelte mich an und erwiderte fröhlich *buongiorno*. Nach Deutschland kostet das Porto 1 €." (Anm.: Die Karten wurden erst am 27.04. abgestempelt und kamen am 09.05. an!)

Die Fahrt nach *Noto* war anfangs mit einem besonderen Erlebnis verbunden: der *Ätna* war an zwei Stellen sichtbar aktiv, so dass wir das nun auch mal gesehen hatten. Im Kreisverkehr vor *Noto* achteten wir natürlich darauf, nicht wieder auf dem Feldweg zu landen. Dann staunten wir, weil wir etwa einen Kilometer vor *Noto* im Stau standen. „Wieso wollen denn montags außer uns so viele hierher? Dann gibt es wohl erneut ein Parkplatzproblem." Nach nervigem Stop and Go sah ich, dass unmittelbar vor dem Ortsschild auf der linken Straßenseite ein Parkplatz frei wurde - zack, bog ich links aus dem Stau ab und nutzte den Parkplatz. Angelika stellte nach dem Aussteigen dann fest: „Alle Wagen, die hier stehen, haben eine Parkscheibe am Fenster!" Am Ende der Straße stand ein Schild: „1 Stunde Parken mit Parkscheibe". Na, das Risiko, aufgeschrieben zu werden oder gar eines Abtransportes wollten wir verständlicherweise nicht eingehen. Also gingen wir zum

Nissan zurück. Mit „italienischer Fahrweise" (mutig zurücksetzen in der Annahme, dass wohl einer anhalten wird) ordnete ich mich wieder in den Stau ein. Plötzlich sah Angelika ein Schild „Parking". Wir folgten dem Pfeil, kamen zu einem recht großen Parkplatz - der war „außer Betrieb". An der Straße standen allerding ein paar Wagen. „Hier steht nirgendwo ein Verbotsschild, hier parken wir jetzt", entschied ich.

Bis zum Zentrum waren es etwa 15 Minuten Fußweg. Angelika hatte eine Idee: „Wir kaufen eine Parkscheibe, so dass wir auch in solchen Zonen parken können. Es könnte sein, dass es die Scheiben an Tankstellen zu kaufen gibt." Auf unserem Weg zur Stadtmitte kamen wir bald zu einer Tankstelle. Dort fragten wir vergeblich, erhielten jedoch einen Tipp: „100 Meter zurück gibt es einen Shop für Autoartikel." Den fanden wir, aber die zwei jungen Verkäuferinnen konnten leider kein Englisch. Ich ließ mir ein Blatt Papier geben und zeichnete, so meinte ich jedenfalls, eine Parkscheibe erkennbar auf, bekam aber als Reaktion nur Schulterzucken und Kopfschütteln.

Der Weg zum historischen Zentrum war schön angelegt. Zwischen Schatten spendenden Bäumen und gepflegten, blühenden Pflanzen gingen wir auf ein großes, antikes Tor zu. Als wir das durchschritten hatten, bestätigte sich meine „Stauvermutung": auch am Montag gab es viele Touristen.

In der „Vorabliteratur" stand: „*Noto* ist d i e sizilianische Barockstadt. 15 Adelspaläste, 19 Klöster und 23 Kirchen leuchten im goldgelben Sandstein. *Noto* wurde ab1693 errichtet, nachdem der alte Ort von einem Erdbeben total zerstört worden war." Ja, die goldgelben Palastfronten waren beeindruckend. Klöster sahen wir allerdings nicht.

Eine große Treppe führte zur Kathedrale. „Die sehen wir uns jetzt sofort an, für den Fall, dass sie, wie die in *Catania*, um 12 Uhr geschlossen wird", befand Angelika. Beim Treppensteigen fragte ich: „Wie kommen denn wohl Gehbehinderte hier rauf?" Der Besuch des Gotteshauses „lohnte" sich. Wir profitierten davon, dass die Kathedrale jahrelang wegen Renovierungsarbeiten geschlossen war, nachdem 1996 die Kirchenkuppel eingestürzt war. Die Restauratoren hatten lobenswerte Leistungen erbracht. Es gab zahlreiche Wand- und Deckenbemalungen sowie neue bunte Glasfenster zu bestaunen. Etwas irritiert allerdings war ich darüber, dass in der Kirche eine „barbusige Dame mit Spiegel" an einer Wand zu sehen war.

Allein wegen der Dombesichtigung hatte sich die zweite Fahrt nach *Noto* jetzt schon gelohnt. Es gab aber noch ein weiteres „Erfolgserlebnis". Plakate wiesen auf eine *Marc Chagall* - Ausstellung hin; die „musste" meine Frau nun aufsuchen, zumal auch noch „bunte Teppichkünste" von einem *Ottavio Missoni* gezeigt wurden.

Anschließend hatte Angelika eine neue Idee: „Wir gehen zur Touristeninformation („I"). Vielleicht wissen die da, wo man Parkscheiben fürs Auto kaufen kann." Man sagte uns: „Die gibt es in den Tabakläden." Offensichtlich wussten deren Besitzer das jedoch nicht - dreimal bekamen wir „No" zu hören.

Inzwischen waren etliche „Straßenhändler" unterwegs; einige nervten mit ihren recht aufdringlichen Angeboten. In einem Töpferladen war, wie sich herausstellte, viel billige Touristenware zu sehen. Die Hauswand allerdings fand ich fotogen:

Schließlich besichtigten wir noch das Regionalmuseum. Neben antiken Ausgrabungsstücken gab es dort mehrere schöne Töpferarbeiten und etliche Münzen zu sehen. Angelika fragte nachher: „Hast Du die Münzen von der Olympiade 1960 gesehen?" „Nein, die Münzen habe ich nicht so genau betrachtet. Mir hat am besten der *Kopf einer alten Dame* gefallen." „Den finde ich auch sehr schön. Hast Du ihn fotografiert?" „Ja, habe ich." Später stellte sich heraus, dass das Bild leider „unscharf" war. Lag das an der Kamera oder an mir?

Als wir zum Wagen zurückkamen, sahen wir, dass etliche Touristen unserem Beispiel gefolgt waren; die Straße war nun voll geparkt. Es war also vorteilhaft, früh unterwegs gewesen zu sein. „Und der Wagen ist nicht abgeschleppt worden", war Angelika zufrieden.

Unser weiteres Ziel für heute war ja wieder *Syrakus*. Zügig fanden wir den Parkplatz am Hafen. Einem ratlosen französischen Paar konnten wir mit unserer Erfahrung erklären, wie dort das „Scansystem" funktionierte. Der Weg zum archäologischen Park war dann weiter, als wir es „nach Karte" erwartet hatten. Da mussten wir uns unterwegs mit je „3 Ballen Eis im Becher" stärken. Endlich am Park angekommen ärgerte ich mich ein wenig darüber, dass das „Ticket Office" etwa 400 Meter vom Eingang entfernt war und man dann an zahlreichen Touristenshops vorbeigeführt wurde. Das Bestaunen des griechischen (3. Jh. v.Chr.) und des römischen Theaters (3.Jh. n.Chr.) ließen den Anfangsärger schnell vergessen. Das griechische galt als größtes Theater der Antike. Auf 60 in Stein gehauenen Sitzreihen hatten 15000 Zuschauer Platz. Die Römer reduzierten die Sitzreihen, um eine größere Fläche für Gladiatorenkämpfe zu bekommen. Mit moderneren Sitzgelegenheiten ausgestattet wird das Theater in den Sommermonaten auch jetzt noch für Aufführungen genutzt. Bei unserem Besuch wurde eine große Bühne für eine Open-Air-Veranstaltung aufgebaut. Na, der Versuchung konnte ich nicht widerstehen. Ich stellte mich vor die Bühne und sang. Schulkinder, die mehr oder weniger interessiert historischen Ausführungen zugehört hatten, spendeten mir laut Beifall, vermutlich recht angetan von dem Themenwechsel. Auf etlichen Smartphones wurde mein Auftritt von den Jugendlichen festgehalten. Ob er jetzt wohl auf Facebook zu sehen war?

Es blieb nicht meine einzige Gesangseinlage. Auf dem Gelände gab es als weitere Attraktion noch das „Ohr des Dionysios" - ein 60 Meter langer Stollen, etwa 10 Meter breit und 23 Meter hoch, mit ausgezeichneter Akustik. Kinder testeten sie mit „Ho-Ha-Juhu-Rufen". Auch ein bayrischer Jodler war gut zu hören. Da musste ich meine Stimme doch auch nochmal erschallen lassen. Dieses Mal gab es aber keinen Beifall; Kinder fühlten sich sogleich wieder zu ihren Rufen animiert.

Auf dem Rückweg zum Parkausgang hatten wir noch ein neckisches Erlebnis. In einer kleinen Grotte fotografierte ein Mann eine Frau. Ich fragte, auf Englisch, ob ich sie gemeinsam aufnehmen sollte. Die Idee fanden sie gut und boten dann an, auch Angelika und mich zusammen zu fotografieren. Ich wies den Mann in die Handhabung meiner Kamera ein. Als ich danach etwas zu Angelika sagte, lachte der Mann: „Warum unterhalten wir uns auf Englisch, wenn Deutsch für uns doch einfacher ist?" Der sich ergebende „Smalltalk" ergab, dass es ein Paar aus dem Ruhrgebiet war, das die Insel auch mit einem Mietwagen bereiste.

Bei unserer Rückfahrt nach *Giardini Naxos* „spuckte" der *Ätna* nur noch wenig Qualm, aber über mehreren Orten lag ein „Grauschleier" - gut, dass wir im Sonnenschein unterwegs gewesen waren.

12   Dienstag, 25.04.2017

2. Ruhetag

Dienstag war italienischer Feiertag: „Tag der Befreiung vom Faschismus". Da wir am Vortag zehn Stunden und dabei auch recht viel zu Fuß unterwegs waren, gönnten wir uns mal wieder einen Ruhetag. Die strahlende Sonne lud zum gemütlichen Verweilen im Garten ein. Von etwa 11:00 bis 13:00 Uhr hatten wir klassische Klaviermusik als dezente Hintergrundunterhaltung; ein Fenster des „Übungsraumes" stand wohl offen.

Nachmittags bummelten wir über die Strandpromenade, wie zig hunderte Einheimische und Touristen auch. Das sich zwangsläufig ergebende Gedränge ließ sichtbar nach, als es zunehmend bewölkt wurde. Ob der *Ätna* dafür wohl ursächlich war? Jedenfalls lag er im Dunst und war kaum zu sehen. Zurück im Apartment erfreuten wir uns via eines Tennis-Sky-Kanals am guten Spiel von A. Zverev (mit 20 Jahren „die deutsche Tennishoffnung") beim Turnier in Barcelona, wo er in der 2. Runde gegen den Spanier Almagro 7:6, 4:6, 6:4 gewann.

13   Mittwoch, 26.04.2017
Messina

Auf Angelikas Wunschliste stand noch *Messina*. „Dort gibt es beim Dom einen Glockenturm mit dem größten Uhrwerk der Welt, das von 12:00 bis 12:15 Uhr auf vier Ebenen Figuren bewegt. Außerdem gibt es an dem Turm eine schöne astronomische Uhr. Der Dom soll auch sehr sehenswert sein. In einem neuen Regionalmuseum gibt es zwei Bilder von *Caravaggio* zu sehen." „Mit zwei Bildern von ihm im Museum haben wir ja so unsere Erfahrung, aber wir werden es überprüfen."

Für Messina stand in der „Vorabliteratur" eine Warnung: „Es gibt keine Parkhäuser und selten freie Parkplätze. Man muss damit rechnen, längere Zeit nach einem Parkplatz zu suchen." Na, das Problem kannten wir schon aus *Noto*. Alternativ brachte ich eine Fahrt nach *Palermo* ins Gespräch und bekam zu hören: „Du hast doch erzählt, dass drei Deiner Tenniskameraden von einem *Palermo* Besuch abgeraten haben, weil die Stadt außer viel Verkehr nichts Besonderes zu bieten habe." Die Fahrzeit nach *Palermo* wurde vom Navi mit 2:45, die nach *Messina* mit 0:45

Stunden berechnet - da war mir die kürzere Strecke doch auch lieber. Ich machte folgenden Zeitplan: 09:30 Uhr Abfahrt, 10:15 Uhr Ankunft, 10:30 Uhr am Museum, 11:15 Uhr Fahrt zur Stadtmitte und Parkplatzsuche, 12:00 Uhr am Glockenturm, 12:15 Uhr Dombesichtigung, 12:30 Uhr Citybummel und Cafébesuch.

Nun, die Abfahrzeit hielten wir exakt ein. Dann gab es ein erstes Problem an einer Mautstelle. Eigentlich standen wir günstig an dritter Stelle, aber beim ersten Wagen öffnete sich die Schranke längere Zeit nicht. Wir vermuteten: „Wahrscheinlich ein Tourist, der kein passendes Geld parat hat." Als der Wagen endlich fahren konnte und wir auf die zweite Stelle vorrückten, sahen wir, dass mit dem Mautsystem was nicht stimmte. Es saß keine Person am Schalter und der Automat streikte wohl. Der Fahrer vor uns betätigte x-mal einen roten Knopf, ohne dass sich etwas tat. In der Spur rechts neben uns passierte ein Wagen nach dem anderen die Station. Ich konnte aber nicht zurücksetzen, weil bereits fünf weitere Wagen in der Wartespur standen. Der Fahrer vor uns wurde wütend und schlug mehrmals vehement auf den roten Knopf - ohne einen Erfolg. Aus dem Wagen hinter uns stieg eine Frau, ging zur Schranke und versuchte, sie hochzuheben. Nach kurzer Zeit gelang ihr das tatsächlich. Kaum hatte sie sich mit Siegeslächeln umgedreht, schloss sich die Schranke wieder. Nun stieg Angelika aus, um die nachfolgenden Fahrer zum Zurücksetzen zu animieren. In dem Moment kam aus einem der anderen Kassenhäuser eine Frau, hantierte an irgendwelchen Apparaturen und plötzlich öffnete sich die Schranke für den Wagen vor uns. Die Frau blieb erfreulicherweise am Schalter stehen und sorgte dafür, dass auch wir passieren konnten - endlich! Das hatte uns fast 15 Minuten Zeit gekostet.

Das nächste Problem war das hohe Verkehrsaufkommen in *Messina* (ca. 240000 Ew.). Auf der Fahrt zum Museum, das etwa fünf Kilometer außerhalb des Zentrums lag, verloren wir mit Stop and Go erneut Zeit. Als wir dann ankamen, sahen wir nirgendwo einen Parkplatz. Damit, dass auch hier schon ein Parkplatzproblem bestand, hatte ich natürlich nicht gerechnet. „Wie kann man ein neues Regionalmuseum ohne Parkplatz bauen?" Aufgrund der Warnung, dass die Parkplatzsuche im Zentrum schwierig sein würde, entschied ich: „Der Museumsbesuch fällt aus. Das Glockenturmspektakel um 12:00 Uhr ist mir hier wichtiger." Angelika legte kein Veto ein. Zurück im Zentrum bekamen wir das „*Messina*-Parkplatz-Problem". bestätigt. Nach etwa 15 Minuten vergeblicher Suche fuhr ich ein Stück aus dem unmittelbaren Zentrum heraus und auf gut Glück in eine kleine Nebenstraße. Hurra - plötzlich fanden wir tatsächlich den wohl einzig noch freien Parkplatz in der Gegend! Puh, das war geschafft.

Allerdings wussten wir nun nicht genau, wo wir waren und wie weit es bis zum Dom sein würde. Es war 11:32 Uhr. Wir marschierten „in die grobe Richtung" und bemühten uns, markante Gebäude und Plätze zu merken, um den Wagen später wieder finden zu können. Irgendwann sahen wir oberhalb einer Häuserreihe eine große Kirchenkuppel. „Das wird ja wohl der Dom sein", hoffte ich, zumal wir auch einen separaten Glockenturm bemerkten. Es tauchte ein Schild auf: „Treppenweg zur Kirche". Wir stiegen empor. Am Ende der recht langen Treppe angekommen, war der erhoffte Dom nicht zu sehen. Wir standen vor einer großen, langen Mauer, um die man links oder rechts herum gehen konnte. Wir entschieden uns für den linken Weg. Der führte zu einer weiteren Berg-an-Tour. Die große Kirchenkuppel blieb aber weiterhin verschwunden. Angelika schaute auf eine mitgenommene Karte und sagte: „Hier sind wir falsch! Der Dom ist in der Nähe des Hafens. Wir müssen weiter nach unten." Okay, wir änderten die Richtung und gingen bergabwärts. Nach etwa fünf Minuten sprach ich einen Mann an, um ihn nach dem Weg zum Dom zu fragen. Der Italiener konnte aber leider kein Englisch. Angelika fragte: „Domo?" Da wies er uns den Weg; wir meinten zu verstehen: „Nächste Straße rechts ab, dann Treppen hoch." Tatsächlich tauchte an der nächsten Straße eine Kirche auf, aber es war nicht der gesuchte Dom. Das Treppensteigen konnten wir uns dort sparen. Bei nächster Gelegenheit sprach ich einen Mann „mit Schlips und Kragen" an. Offensichtlich verstand er mich, denn er nickte und sagte: „Momento!" Er tippte ein paar Mal auf sein Smartphone, das er in der Hand hielt, zeigte uns dann einen Kartenausschnitt des Stadtplanes und sagte auf Englisch: „Wir sind hier, dort ist der Dom." „Grazie!" Nach weiteren fünf Minuten hatten wir es geschafft - es war 11:53 Uhr.

Der Domplatz war bereits mit etlichen Touristen sowie zahlreichen Schulkindern, die mit Bussen angekommen waren, bevölkert. Wir nutzten die noch verbleibende Zeit. In der Nähe des Domplatzes fanden wir einen kleinen Eis-Laden, der, wie die Nachfrage ergab, eine Toilette hatte. Selbstverständlich wurde dann nicht nur das WC benutzt, sondern auch Eis gekauft. Erleichtert und mit Eisgenuss konnten wir das „*Messina*-Highlight" pünktlich ab 12:00 Uhr erleben: die sich bewegenden Figuren, zweimal das ohrenbetäubende Gebrüll eines Löwen, danach dann das Gekreische eines Hahnes. Als die Tierlaute verklungen waren, ertönte noch die Melodie „Ava Maria".

Es war durchaus ein besonderes Schauspiel, das da geboten wurde. Und die zwei großen Turmuhren, eine mit Stellung der Planeten im Tierkreis, eine mit angezeigten Mondphasen, waren auch beachtlich.

Nach dem „Glockenturmspektakel" gingen wir in den Dom, der nicht geschlossen wurde. Erstaunlich war, dass kein Schild „Fotografieren verboten" zu sehen war. Vorsorglich schaltete ich aber wieder das Blitzlicht aus. Angelika war von der bunt gestalteten Holzdecke und den abwechslungsreichen Bodenfliesen begeistert.

„Das ist die schönste Kirche, die ich auf Sizilien gesehen habe." „Schöner als die in *Noto?* " „Ja!" „Und wie fällt der Vergleich mit der Sixtinischen Kapelle in Rom aus?" „Na, die zwei kann man ja wohl nicht miteinander vergleichen. Beide sind auf ihre Art besonders toll." Ich wusste aus der „Vorabliteratur" ergänzend, dass der Dom in *Messina* die größte Glocke auf Sizilien und die zweitgrößte in Italien hat.

In der Nähe des Domes war „I", das Touristen-Info-Center. Dort ließen wir uns einen aktuellen Stadtplan geben und fragten nach der „Shopping Meile". Die gab es in *Messina* nicht im Sinne einer Fußgängerzone. „Wir haben ein Geschäftsviertel, mehrere Straßen umfassend." Da uns in dem Viertel der recht lebhafte Straßenverkehr störte, bewerteten wir das System einer Fußgängerzone als besser. Wir fanden aber ein kleines, hübsches Café, indem wir „Ruhe und Erholung" sowie leckeren Kuchen genießen konnten. Der Cappuccino war leider nur lauwarm. Wir wunderten uns, dass wir auf Sizilien nicht immer gut schmeckenden Cappuccino bekamen. Angelika studierte in dem Café Unterlagen, die sie bei „I" mitgenommen hatte. Sie frohlockte: „Hier steht, dass das neue Regionalmuseum bis 19:00 Uhr geöffnet hat." Na, dann mussten wir dort ja wohl nochmal hin.

Dank des bei „I" erhaltenen Stadtplanes und unseres guten Erinnerungsvermögens fanden wir den geparkten Nissan relativ zügig. Die Navi-Frau führte uns dann zum Museum auf Nebenstraßen, so dass uns der von mir befürchtete Stau erspart blieb. So kamen wir von einer anderen Seite als am Morgen zum Museum und konnten den Wagen auf einer solchen Nebenstraße parken. Das Museumsgebäude machte nun, da wir es ohne Zeitdruck betrachten konnten, einen modernen, gut gestalteten Eindruck. Erwartungsfroh hielten wir den Eintrittspreis von 8,00 € / Person für gerechtfertigt. Bald schon wurde diese Einschätzung relativiert. Zwar gab es die zwei angekündigten Bilder von *Caravaggio* zu sehen, aber ansonsten nur recht wenige Ausstellungsstücke. Die waren durchaus interessant, füllten jedoch nur etwa (geschätzt) ein Drittel des Museums, das sich offensichtlich erst noch im Aufbau befand. Ich scherzte: „Mit unseren 16,00 Euro können sie jetzt ja neue Bilder oder Skulpturen kaufen." Ich wiederholte meine morgendliche Kritik, dass es keine für das Museum vorgesehenen Parkplätze gab. „Wo sollen denn Touristenbusse oder Behinderte parken?" War das Parkplatzproblem vielleicht schon der Grund dafür, dass wir fast die einzigen Besucher waren? Oder war allgemein bekannt, dass sich ein Besuch bei den wenigen Objekten noch nicht lohnte?

Messinas City hatte, zumindest an diesem Mittwoch, nicht nur Parkplatzprobleme, sondern einige Straßen, durch die wir fuhren, waren dreckig; es lag auffallend viel Müll auf Bürgersteigen. Wir konnten nicht klären, ob das ein Dauerzustand war oder vielleicht am nächsten Tag dort die Straßenreinigung und Müllabfuhr zum Einsatz kamen.

Da uns auf der Autobahnstrecke nach *Messina* die große Zahl der Brücken und Tunnel aufgefallen war, zählten wir sie spaßeshalber während der Rückfahrt, Angelika die Brücken, ich die Tunnel. Bis zur Ausfahrt nach *Giardini Naxos* lautete das Ergebnis 77 Brücken und 35 Tunnel. Dabei hatten wir unterschiedliche Längen nicht besonders berücksichtigt. Die 2,40 € Maut waren nachvollziehbar.

14   Donnerstag, 27.04.2017

3. Ruhetag

Nach den intensiven Aktivitäten des Vortages war wieder ein Erholungstag angesagt. Erneut erfreuten uns strahlend blauer Himmel und dezente Klaviermusik beim Lesen und Rätselraten. Na, nur im Garten rumsitzen ging natürlich nicht; es wurde dann auch noch auf der Strandpromenade gebummelt. Dabei gab es gleich mehrere Besonderheiten.

Zunächst stellten wir fest, dass nur wenige Menschen am Strand unterwegs waren; so leer war die Promenade bisher für uns noch nie. Dann staunten wir über einen Luxusliner, der zwar außerhalb des kleinen Hafens, aber in Sichtweite vor Anker lag. Passagiere wurden zur Hafenanlegestelle mit kleinen Booten gebracht und auf bereitstehende Busse verteilt. Vermutlich stand „Besichtigung *Taormina*" auf dem Tagesprogramm. Bei einem Restaurant fotografierte ich „Köpfe", die uns bei jedem Promenadenspaziergang aufgefallen waren. Ähnliche Darstellungen hatten wir ja auch in *Taormina* schon gesehen (s.o. S. 27). Über deren Bedeutung las ich: „Ein Mann wurde enthauptet und die Frau nutzte den Kopf als Blumengefäß, um den Geliebten in ihrer Nähe zu haben." Dann wurden wir im Strandcafé von einer missgelaunten Bedienung „geschockt". Sie „knallte" uns die Cappuccino-Tassen auf den Tisch; so unhöflich hatten wir das noch nie erlebt. Der Cappuccino war ähnlich lauwarm wie der in *Messina*. Zum ersten Mal gab es von uns kein Trinkgeld.

15   Freitag, 28.04.2017

Acireale und Fahrt zum Flughafen

Bei der Fluggesellschaft hatte ich die Telefonnummer meines Smartphones „hinterlegt", für den Fall, dass sich die gebuchten Flugzeiten ändern würden. Nun stellte ich fest, dass ich das Smartphone vor ein paar Tagen nicht richtig heruntergefahren hatte, es also die ganze Zeit im „Sparmodus" angeschaltet war. Als ich die Flugzeiten prüfen wollte, erhielt ich die Meldung: „Akku leer, bitte aufladen". Das Ladekabel lag zu Hause im Schreibtisch. Eingehende Nachrichten konnten nicht gelesen werden. Wir wollten „auf der sicheren Seite sein" und beschlossen: „Wir fahren zum Flughafen *Catania* und erkundigen uns dort, ob die Startzeit gültig ist."

Die Fahrt verbanden wir mit einem „Abstecher" nach *Acireale*. Die Stadt (ca. 53000 Ew.) lag etwa auf halber Strecke nach *Catania*. Diese Entscheidung war, wie sich herausstellte, richtig gut. Wir fanden, das war ja schon mal positiv, zügig einen Parkplatz. Er lag nur etwa fünf Gehminuten vom Stadtzentrum entfernt. Auf dem Weg dorthin blieb Angelika plötzlich stehen. Sie hatte einen kleinen „Buchtauschkasten" gesichtet; da wollte sie doch einen Blick hineinwerfen: „Toll, dass es hier so etwas gibt!" Wahllos nahm sie ein Buch heraus: „Informationen zur Organisation einer Hochzeit". Na, die benötigten wir nicht, außerdem waren sie auf Italienisch geschrieben - das Buch blieb in *Acireale*.

Als wir zur Hauptgeschäftsstraße kamen, staunten wir: vor jedem Geschäft standen Blumenarrangements, mal groß, mal klein, mal bunt, mal künstlerisch gestaltet. Von den Geschäften selber waren wir auch sehr angetan. So toll dekoriert und solch hübsch anzusehende Sachen waren uns zuvor in keiner Stadt aufgefallen. Irgendwann stellte ich fest: „Hier findet am Wochenende wohl irgendein Fest statt." Es wurden zahlreiche Verkaufsbuden aufgebaut. Dann sahen wir ein Plakat: „29. + 30.05. *Festa die fiori"* - also ein „Blumenfest". Aha, deshalb waren die Geschäfte so geschmückt. Da war es ja richtig gut, dass wir *Acireale* an diesem Tag noch besuchten.

Der positive Eindruck wurde bei Kirchenbesichtigungen bestätigt. Die Wand- und Deckengemälde waren auch hier wieder beeindruckend. In einer Kirche fand gerade eine Trauung statt. Interessant für uns war, dass vor dem Portal vier große Blumengestecke standen. Auf solch eine Idee waren wir bei unserer Hochzeit nicht gekommen.

Angelika hatte noch ein besonderes Erlebnis. Sie ging zum Touristeninformationscenter, um einen neuen Stadtplan zu holen. Die Dame dort im Büro war wohl erfreut, dass sich jemand für die Stadt interessierte und sie etwas zu tun hatte. Sie redete italienisch, englisch und auch deutsch auf Angelika ein: „Das müssen Sie sich ansehen und das … Da klingeln Sie und sagen, ich habe Sie geschickt. Waren Sie schon in unserer Kathedrale? Wenn Sie hier diese

Straße entlang gehen …" Angelika berichtete: „Ich konnte mir das Lachen kaum verkneifen, weiß gar nicht, wann und wie die mal Luft geholt hat." Also: *Acireale* war den Besuch wert!

Am Flughafen in *Catania* suchten wir zunächst vergeblich ein Schild „Rückgabe Mietwagen". Den Weg wollte ich kennenlernen, um mit der Suche am nächsten Tag keine Zeit zu verlieren. Bei der Vorbeifahrt an der Abflughalle stellten wir fest, dass es dort nur wenige Parkflächen gab, um Koffer ausladen zu können. Da wir weiterhin keine besondere Abbiegespur für Mietwagen fanden, kehrte ich zur Zufahrtstraße des Flughafens zurück. Wir überlegten: „Zum Mietwagencenter sind wir von der Ankunftshalle aus gegangen. Demnach müssen wir in deren Richtung fahren." Diese Logik stimmte. „Gut, dass wir das heute schon geklärt haben. Morgen hätte die Suche zu Hektik führen können." „Und was machen wir jetzt?" „Auf einen der großen Parkplätze fahren und zur Information der Fluggesellschaft gehen." Der Parkplatz Nr. 2 lag recht nah zur Ankunftshalle.

Im Flughafengebäude war nirgendwo ein Schalter der Fluggesellschaft zu sehen. Wir marschierten durch die Ankunfts- und Abflughalle - nichts. Irgendwann sah ich einen Wegweiser: „Offices" (Büros). Der Weg endete für uns vor einer verschlossenen Tür mit dem Schild „Staff only" (nur für Bedienstete). Nach weiterem Umherirren fanden wir plötzlich, etwas abgelegen, doch noch einen Informationsstand für verschiedene Fluggesellschaften. Er war mit einer Frau besetzt. „Aha, eine Frau für alle Fälle" fiel mir dazu ein. Als sie hörte, dass ich Auskunft zu einer deutschen Fluggesellschaft begehrte, sagte sie: „Dafür ist die Kollegin auf der anderen Seite, hier hinter mir zuständig." „Aber da ist niemand." „Ja, sie wird wohl in etwa zwei Stunden wiederkommen." Als ich Angelika entsprechend informierte, fragte sie, verständlicherweise schon etwas genervt: „Willst Du jetzt noch zwei Stunden hier warten? Was sollen wir in der Zeit denn machen?" „Nach draußen gehen und schauen, ob man vor der Ankunftshalle für den Koffertransport parken kann. Du könntest dann morgen in der Halle warten, während ich das Auto wegbringe." „Wir müssen morgen aber doch zur Abflughalle." „Dorthin gibt es einen Aufzug; den habe ich schon gesehen."

Draußen stellten wir fest, dass es zur Ankunftshalle eine Zufahrt nur für Busse und Taxis gab. Die Spur war für andere mit einer Schranke versperrt. Wir gingen zur Abgabestelle für den Mietwagen und prüften, ob es dort „Kofferwagen" zum Transport des Gepäcks gäbe - gab es nicht. „Dann müssen wir die Koffer von hier die etwa 400 Meter schieben. Bei unserer Ankunft haben wir ja auch locker 1000 Meter geschafft, weil die Empfangsstation für den Mietwagen deutlich weiter als hier die Abgabestation liegt." Angelika äußerte: „Wenn mehrere zeitgleich ihre

Mietwagen abliefern, benötigen wir hier einige Zeit. Wir fahren also vorsichtshalber früher als von Dir geplant in *Giardini Naxos* ab." „Die Zeit habe ich doch eingeplant." „Na, Deine Planung ist in Portugal wegen eines Staus auf der Autobahn schon mal völlig danebengegangen." „Ich habe hier genügend Zeit berechnet. Wenn alles normal läuft, benötigen wir, inklusive Tanken, 45 Minuten für die Fahrt, 15 Minuten für die Fahrzeugabgabe, also insgesamt eine Stunde. Unsere Abfahrt ist für 11:00 Uhr vorgesehen. Dann sind wir gegen 12:00 Uhr zum Einchecken parat. Abflugzeit ist planmäßig 14:10 Uhr - wir haben also locker die üblichen zwei Stunden Vorlaufzeit." „Ich meine, wir sollten früher losfahren."

Wir gingen zurück zum Flughafengebäude und dort zu mehreren Imbissständen. Bei einem war es uns zu teuer, bei einem gefiel uns das Angebot nicht, beim nächsten gab es keinen Cappuccino. Erst beim vierten Anbieter wurden unsere Wünsche (Gebäck und Cappuccino) erfüllt. Etwa eine Stunde hatten wir inzwischen „geschafft". In der Ankunftshalle bemerkte ich, dass ein Informationsstand jetzt mit einer Frau besetzt war. Ich fragte sie, ob sie auch

Abflugzeiten für den nächsten Tag prüfen könnte. „Ja, um welchen Flug handelt es sich denn?" „14:10 Uhr nach Düsseldorf." „Moment", sie suchte im PC, „ja, der ist so vorgesehen." „Danke!" Na, da waren Angelika und ich endlich erleichtert. Am Kassenautomaten von Parkplatz Nr. 2 las ich: „15 Minuten kostenlos". Ich folgerte: „Ha, das ist es doch! Hier parken wir morgen und bringen die Koffer ins Flughafengebäude; das ist in 15 Minuten mit Hin- und Rückweg zu schaffen. Da hat sich die Fahrt heute hierher nun doch gelohnt; die Organisation für morgen ist geklärt." Zurück in *Giardini Naxos* machten wir einen letzten Spaziergang auf der Strandpromenade. Ich fand noch ein paar Motive für „letzte Fotos". Wir genossen drei Ballen Eis im Becher. Dann begann das Kofferpacken.

16   Samstag, 29.04.2017

Urlaubsende

Erinnern Sie sich an die Diskussion, wann wir zum Flughafen abfahren sollten? Nun, wir hatten am Vorabend so gründlich gepackt und im Apartment aufgeräumt, dass wir eine Stunde früher als von mir geplant startklar waren - ganz im Sinne meiner Frau. Auch die Übergabe des Apartments an Mario erfolgte zügig. Als Geschenk zum Abschied erhielten wir eine CD: *„Mario Galeani spielt Chopin“*. Wir hatten uns an den Tagen zuvor nicht getraut, ihn mal um ein kurzes Privatkonzert zu bitten; auf CD war er nun 45 Minuten in Stereo zu hören und das so oft, wie wir wollten.

Die Fahrt zum Flughafen verlief völlig „relaxed“; wir hatten ja eine Stunde mehr „Zeitguthaben“. Am Flughafen nutzten wir unsere Kenntnisse vom Vortag, steuerten den Parkplatz Nr. 2 an und brachten die Koffer ins Gebäude, per Aufzug gleich bis zur Abflughalle. Dafür benötigten wir keine 15 Minuten - das Parken war also kostenlos. Den Weg zur Rückgabestation des Mietwagens kannte ich ja auch schon. Dort stand ich dann „an 3. Stelle“. Meine

Zeitplanung von 15 Minuten wurde exakt eingehalten; es gab weder bei den zwei Wagen vor mir noch beim Nissan irgendwelche Übergabeprobleme. Als ich zu Angelika und den Koffern kam, sagte sie: „Na, das ging ja wirklich zügig. Wir müssen zu den Schaltern 44 und 45." Dort dachten wir: „Oh, wir sind die ersten, das klappt auch gut." Das war ein Irrtum. Vor den beiden Schaltern stand zwar niemand, aber sie waren noch von einer anderen Fluggesellschaft besetzt. Tja, wir waren im Vergleich zu meiner Planung eine Stunde zu früh am Flughafen. Allerdings bemerkten wir dann, dass hinter einer Absperrung acht Personen standen und offensichtlich auch nach Düsseldorf fliegen wollten. Aha, wir waren doch nicht die ersten Anwärter. Als der Flug an den Schaltern 44 und 45 angezeigt wurde, rückte die Achtergruppe nach vorne; wir schlossen uns an. Die Erwartung, nun einchecken zu können, ging aber nicht in Erfüllung; die Schalter blieben unbesetzt. So nach und nach bildete sich eine lange Warteschlange. Ich fragte Angelika: „Was ist denn sinnvoller, eine Stunde früher hier zu sein und lange zu warten oder kürzere Zeit in der Warteschlange zu stehen?" „Ohne Zeitstress hier angekommen zu sein!"

Die Wartezeit dauerte noch länger. Auf dem Tableau der Schalter wurde die voraussichtliche Abflugzeit von 14:10 auf 14:25 Uhr geändert. Aha, der aus Düsseldorf kommende Flieger hatte also wohl Verspätung. Um 12:33 Uhr kamen zwei Damen und bereiteten die Schalter vor; das dauerte weitere sechs Minuten. Danach aber arbeiteten sie routiniert und zügig. Um 12:46 Uhr hatten wir das Einchecken geschafft - endlich!

Bis zum Start des Fliegers vergingen nochmal zwei Stunden. Der Pilot erklärte die Verspätung: „Vor dem Abflug in Düsseldorf wurde festgestellt, dass eine Toilette defekt war. Es wurde versucht, sie zu reparieren. Nach 30 Minuten wurde das als gescheitert erklärt. Ihnen stehen jetzt also nur zwei statt drei Toiletten zur Verfügung." Der Flug nach Düsseldorf war dann problemlos. Es herrschte völlig klare Sicht. Beim Überfliegen der Alpen staunte ich: „So riesig habe ich sie bisher noch nie gesehen." Damit war nicht deren Höhe, sondern die Ausdehnung gemeint. Bei meinen bisherigen Flügen über die Alpen waren sie immer durch Wolken verdeckt gewesen.

Die Kofferausgabe in Düsseldorf erfolgte erfreulich schnell, zumal unsere Koffer ziemlich am Anfang erschienen. So wurde die lange Wartezeit an den Schaltern 44 und 45 in *Catania* hier also etwas ausgeglichen. Diesen „Zeitgewinn" verprasste dann jedoch der Taxifahrer, der uns zum Hotel und unserem dort geparkten Wagen bringen sollte. Das Hotel lag vier Kilometer vom Flughafen entfernt: Fahrzeit ca. 10 Minuten, Fahrpreis ca. 12 €. Unser Taxifahrer, wie sich im Gespräch ergab ein Serbe, startete Richtung Stadtmitte. Auf meinen Einspruch hin änderte er die Richtung gen Lohausen. Nach erneutem Widerspruch von mir hielt er an und gab die Hoteladresse ins Navi ein - danach stimmte die Fahrtrichtung. Die Fahrt dauerte etwa 20 Minuten, berechnet wurden 27 €. Na, mit dem Serben diskutierte ich nicht darüber; ich wollte ja noch unser Gepäck aus dem Kofferraum bekommen. Lohnte sich für 15 € ein Rechtsstreit?

Trotz der zwischenzeitlichen Kälteperiode in Deutschland war das Gras im Garten zu Hause über zehn Zentimeter hoch. Am 01.05. wollten Angelika und ich Tennis spielen; es regnete. „Wann fliegen wir wieder in Urlaub?"

Beim *tredition® - Verlag* gibt es von Eckhard Duhme

„Mir passiert so etwas doch nicht" – Band I
Urlaubslektüre, 104 Seiten, 8,00 €
Erzählt werden „Erlebnisse zum Schmunzeln" während einer Urlaubsreise 2011 nach Portugal. Dabei erhält man zugleich touristische Informationen über Sehenswertes und Nichtsehenswertes in Lissabon, Casçais, Estoril, Sintra und Mafra, besser als in manchen Reiseführern.

„Mir passiert so etwas doch nicht" – Band II
Urlaubslektüre, 100 Seiten, 9,80 €
Beim Schmunzeln über Erlebnisse einer Urlaubsreise 2012 zur Costa Blanca in Spanien erfahren Sie, ob sich denn ein Besuch in Valencia, Alicante, Benidorm, Altea, Jávea, Castell de Castells, Guadelest oder Calp lohnt.

„Mir passiert so etwas doch nicht" – Band III
Urlaubslektüre, 104 Seiten, 9,80 €
2013 geht die Urlaubsreise nach Spanien an die Costa del Sol. Málaga, Marbella, Fuengirola, Torremolinos, Cártama, Mijas und Mijas Costa werden besucht. Bei manchen Erlebnissen ist man sicherlich froh, dass man davon selber nicht betroffen gewesen ist.

„Augen zu und durch"
Renovierungslektüre, 120 Seiten, 9,80 €
Bei Renovierungen passiert doch immer irgendetwas Unvorhergesehenes. Termine verzögern sich, es wird teurer als geplant, es kommt „was dazwischen", es gibt neue Wünsche. Hier ist mal aufgeschrieben worden, was man dabei so alles erleben kann.

„Mein Gott!! Es ist doch nur ein Spiel!!"
Tennisgeschichten, 144 Seiten, 10,00 €
Wer selber Tennis spielt, wird an manchen Stellen
meinen: „Ähnlich ist es mir in einem Match auch passiert."
Wenn man sich dabei eventuell geärgert oder aufgeregt
hat, kann man im Nachhinein meistens darüber lachen
oder zumindest lächeln.

**„Wenn jemand eine Reise tut, so kann er was
verzählen"**
Urlaubslektüre, 112 Seiten, 11,50 €
Der Autor berichtet über Erlebnisse bei einer Reise nach
Sardinien im Jahr 2016. Man erfährt Interessantes über
Städte, Regionen, Sehenswürdigkeiten und einiges über
„Pleiten, Pech und Pannen".

**„Erstens kommt es anders und zweitens als man
denkt oder Fieber in Stralsund"**
Krankenhauslektüre, 70 Seiten, 7,90 €
Zunächst erfährt man Interessantes über die Städte
Erfurt, Weimar, Potsdam, Berlin und Stralsund. Dort endet
die geplante Städtetour krankheitsbedingt. Es folgen
Erlebnisse mit Herzerkrankungen und im Krankenhaus.

„Björn"
Roman , 678 Seiten, 35,00 €
Geschildert wird, wie das Leben eines Jugendlichen in
den sechziger Jahren des zwanzigsten Jahrhunderts
gewesen ist, einer Zeit, in der es weder PC noch Handy,
SMS, i-Phone oder Play-Station, nicht einmal schnurlose
Telefone gegeben hat. Interessant ist das Leben in der
Zeit trotzdem gewesen – oder gerade deshalb?

Eckhard Duhme ist 1947 im westfälischen Hagen geboren und dort aufgewachsen. Nach dem Abitur ist er 2 Jahre bei der Bundeswehr gewesen. Danach hat er 4 Jahre in Münster Jura studiert. Nach 2 ½ Jahren Referendarzeit hat er 1975 das 2. juristische Staatsexamen bestanden. Dann hat er 35 Jahre in einem Chemiekonzern in leitenden Funktionen gearbeitet.

Im Berufsleben hat er unzählige Texte verfasst. Oft ist ihm lobend gesagt worden: „Sie könnten auch Schriftsteller sein." Das ist er seit 2010 als Rentner. Schreiben ist für ihn ein unterhaltsames und spannendes Hobby: „Wenn meine Texte auch anderen Menschen Freude bereiten, ist die aufgewendete Zeit sinnvoll gewesen."

FSC
www.fsc.org
MIX
Papier | Fördert
gute Waldnutzung
FSC® C083411

Zeitfracht Medien GmbH
Ferdinand-Jühlke-Straße 7
99095 Erfurt, Deutschland
produktsicherheit@kolibri360.de